LIBRO OFICIAL DE
ALAS DE SANGRE
PARA COLOREAR
ILUSTRACIONES DE LYDIA FENWICK
Planeta

Obra artística inspirada en el libro *Fourth Wing* © 2023 Yarros Ink, Inc.,
publicado por Red Tower Books, un sello de Entangled Publishing, LLC.

Ilustraciones de interiores: Lydia Fenwick
Traducido por: Graciela Romero Saldaña

Bajo el sello editorial PLANETA M.R.
Avenida Presidente Masaryk núm. 111,
Piso 2, Polanco V Sección, Miguel Hidalgo
C.P. 11560, Ciudad de México
www.planetadelibros.com.mx

Primera edición impresa en México: enero de 2026
ISBN: 978-607-39-3760-3

El arte contenido en este libro es una interpretación del mundo de la serie *The Empyrean*, y dichas representaciones no deben considerarse como parte del canon oficial.

Impreso en los talleres de Litográfica Ingramex, S.A. de C.V.
Centeno núm. 162-1, colonia Granjas Esmeralda, Ciudad de México
Impreso y hecho en México - *Printed and made in Mexico*

ESTE LIBRO PERTENECE A

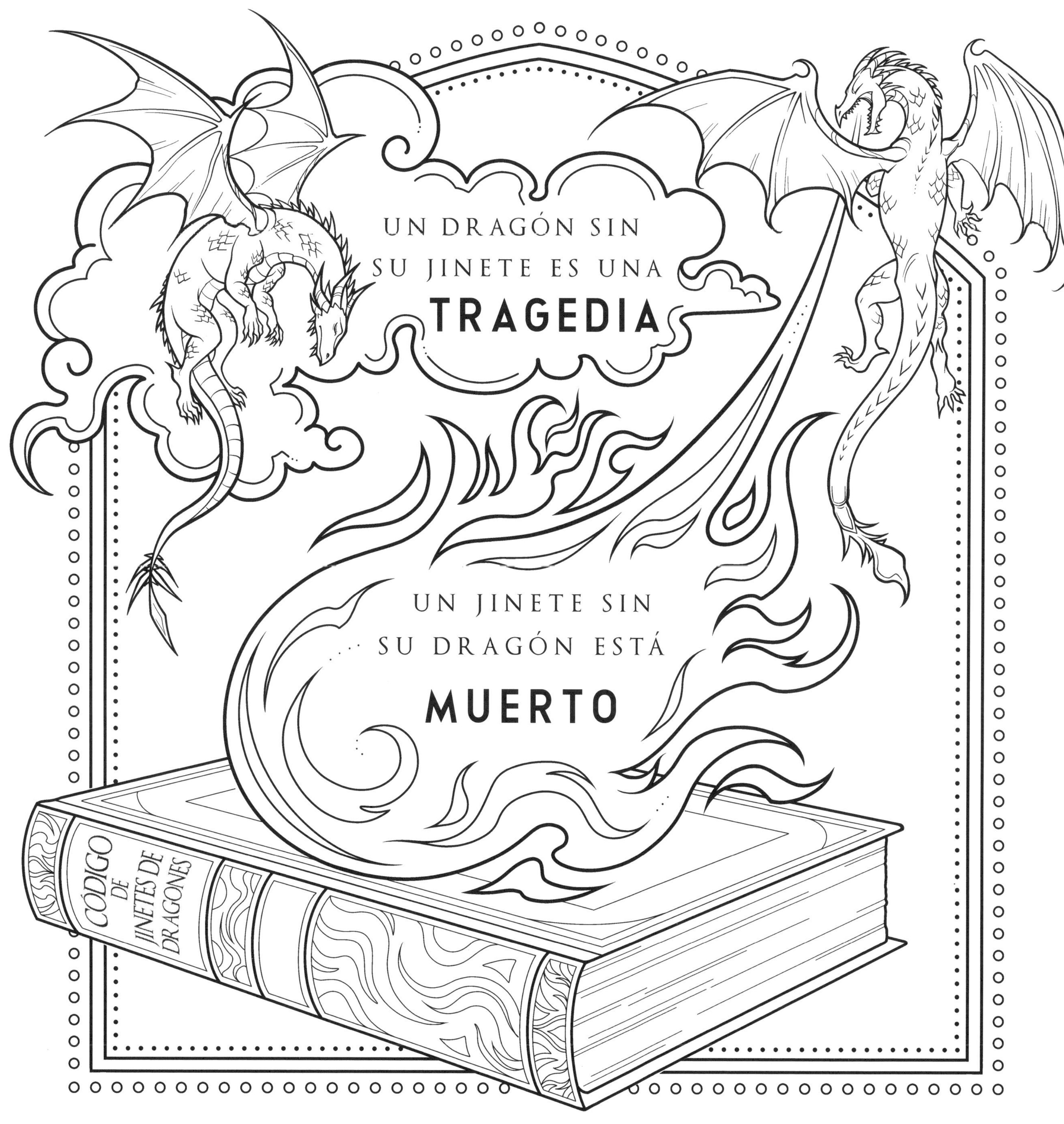
UN DRAGÓN SIN
SU JINETE ES UNA
TRAGEDIA
UN JINETE SIN
SU DRAGÓN ESTÁ
MUERTO
CÓDIGO
DE
JINETES DE
DRAGONES

NO VOY A
MORIR HOY

ERES UNA
COSITA
VIOLENTA

plateada

NO EXISTE LUGAR AL QUE PUEDAS IR
EN DONDE NO TE ENCUENTRE,
VIOLENCIA

¿Te traigo al
LÍDER DE ALA?

IV
LÍDER DE ALA
PELOTÓN DE
HIERRO

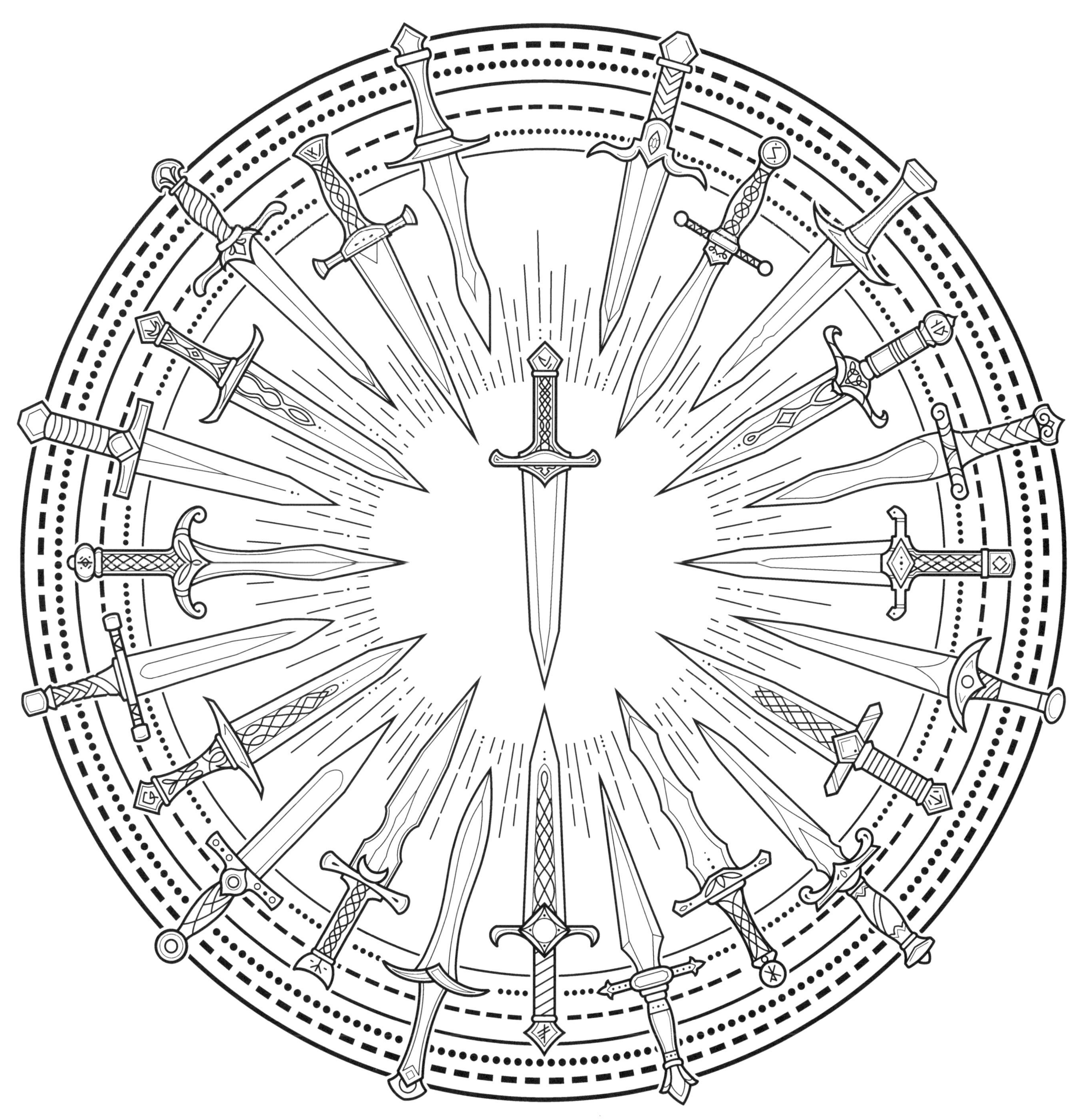

NO PUEDO
VIVIR
SIN TI

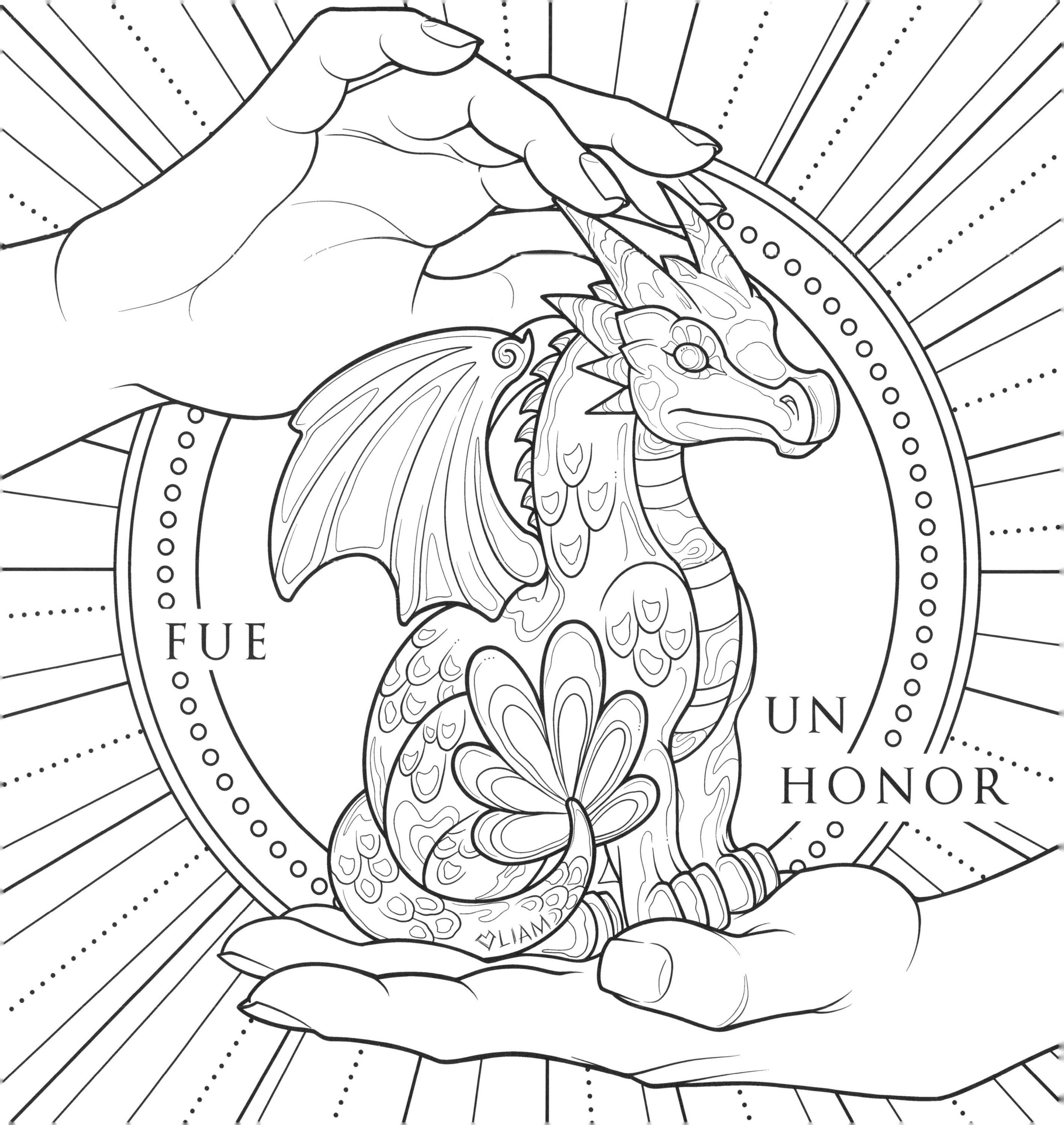
FUE
UN
HONOR
LIAM

BIENVENIDA A LA
REVOLUCIÓN

ERES UNA
COSITA
VIOLENTA
¿Te traigo al
LÍDER DE ALA?
2
IV